KB149362

투명에 대하여 외

허영자

1938년 경남 함양에서 태어나 숙명여대 및 동 대학원을 졸업하고, 1962년『현대문학』목월 선생 추천으로 등단했다. 시집으로『가슴엔 듯 눈엔 듯』『친전』『어여쁨이야 어찌 꽃 뿐이랴』『빈 들판을 걸어가면』『조용한 슬픔』『기타를 치는 집시의 노래』『목마른 꿈으로써』『허영자 전시집』『은의 무게만큼』등이 있고, 시선집『그 어둠과 빛의 사랑』『이별하는 길머리엔』『꽃피는 날』『말의 향기』『아름다움을 위하여』『암청의 문신』『무지개를 사랑한 걸 후회하지 말자』『얼음과 불꽃』, 시조집『소멸의 기쁨』, 동시집『어머니의 기도』와 산문집『살아있다는 것의 기쁨』외 다수가 있다. 한국시협상 · 월탄문학상 · 편운문학상 · 민족문학상 · 목월문학상 · 숙명문학상 · 허난설헌문학상을 수상했다. 성신여대 교수 · 한국시인협회 회장 · 한국여성문학인회 회장 · 한국문예학술저작권협회 회장을 역임했으며, 현재 성신여대 명예교수로 있다. yjh5655@hanmail.net

황금알 시인선 164

투명에 대하여 외

초판발행일 | 2017년 12월 15일

지은이 | 허영자
펴낸곳 | 도서출판 황금알
펴낸이 | 金永馥
선정위원 | 김영승 · 마종기 · 유안진 · 이수익
주간 | 김영탁
편집실장 | 조경숙
표지디자인 | 칼라박스
주소 | 03088 서울시 종로구 이화장2길 29-3, 104호(동숭동)
물류센타(직송 · 반품) | 100-272 서울시 중구 필동2가 124-6 1F
전화 | 02)2275-9171
팩스 | 02)2275-9172
이메일 | tibet21@hanmail.net
홈페이지 | http://goldegg21.com
출판등록 | 2003년 03월 26일(제300-2003-230호)

값은 뒤표지에 있습니다.
ISBN 979-11-86547-84-7-03810

*이 도서의 국립중앙도서관 출판예정도서목록(CIP)은 서지정보유통지원시스템 홈페이지(http://seoji.nl.go.kr)와 국가자료공동목록시스템(http://www.nl.go.kr/kolisnet)에서 이용하실 수 있습니다.(CIP제어번호: CIP2017031614)

투명에 대하여 외

허영자 시집

황금알

| 시인의 말 |

마음도 그릇 같아서 큰 그릇도 있고 작은 그릇도 있는 것 같다.
흔히 마음을 비우라고 하지만 사실은 마음을 채우기도 어렵다.
진정과 선의와 겸손 같은 것으로 마음을 채우기란 결코 쉽지 않은 일이기 때문이다.
하기에 채움과 비움은 어쩌면 영원하고도 간절한 꿈이요 이상이 아닐까 생각해 보게 된다.
그 꿈을 향한 염원의 한 끝을 엮어 이 시집에 싣는다.

책을 꾸며주신 『황금알』 김영탁 주간께 감사를 드린다.

2017년 늦은 가을에

허영자

차 례

1부 투명에 대하여

2부 이마로 돌문을 밀고 또 밀었습니다

3부 시담詩談

1부

투명에 대하여

투명에 대하여 1
— 숨어있는 투명

때로는
풀잎에 맺히는 새벽이슬

때로는
잎새에서 굴러떨어지는 물방울

외로이
몇 억 광년을 날아온 저 별빛

초록에서 진초록, 진초록에서 유록
그 사이의 시간

히말라야 상상봉의
만년설에 숨어있는 메아리

검은색이 결단코
물들이지 못하는 순수

비손이하는 마음의
간절하고 정직한 슬픔.

투명에 대하여 2
— 실치

실치를 보고 있으면
부끄러워진다

등뼈도 내장도
마알갛게 드러낸 그 투명 앞에
왠지 부끄러워진다

싸고 싸고 또 싸서
꼭꼭 숨긴 비밀이,
비밀의 등뼈와 내장이
낯 뜨거워진다

참으로 사람의 마음이
실같이 가느다란
저 실치의 투명만도 못한 것인가

실치를 보고 있으면
자꾸 혼자 부끄러워진다.

투명에 대하여 3
— 투명한 내음

옥색!
이런 말이 참 좋다

하양!
이런 말이 참 좋다

불루blue!
이런 서양말도 나쁘지 않다

모두가
투명한 내음이 나니까.

옥색 치마, 옥색 비녀
하얀 고무신

그리고
불루 스카이blue sky

이런 말들은

약藥 같은 말

모두가
투명한 내음이 나니까.

투명에 대하여 4
— 환하다

유리창을 닦으니
세상이 환하다

안경을 고쳐쓰니
세상이 환하다

마음을 고쳐먹으니
세상이 환하다

너와 나
선 자리를 바꿔보니
세상이 환하다.

투명에 대하여 5
— 섭리

깊고 깊은 산중에
저 홀로 피었다가 저 홀로 지는
가만한 산꽃의 아침

평생
오직 한 사람만을 사모해온
오랜 기다림의 저녁

검은 두 손을 가슴에 모은
마리아 앤더슨의 노래
아베마리아

보이지도 들리지도 않으면서
보이고 들리는 것을 창조하는
불가사의不可思議한 섭리.

투명에 대하여 6

— 브라만brahman

심심한 한 아이가
먼 산을 바라보며 앉아있다

세상은 온통
심심하지 않은 아이들의 잔치

브라만의 후예는
말이 없다

깊고도 무거운, 그리고
한없이 투명한 침묵.

투명에 대하여 7
— 문득 내 곁에

차랑차랑한 햇빛 속에
수녀님 한 분 지나가신다
하얀 머릿수건 쓰시고

그 뒤를 이어
비구니 스님 한 분 지나가신다
파르란 까까머리를 하시고

아아 참으로 멀리 계신
하느님도 부처님도
문득 내 곁에 계시는 것 같구나

투명한 가을날.

투명에 대하여 8

— 시선視線

꽃처럼 뜨겁던 욕망!

그 불꽃이 가신
그대의 시선

가을물처럼
깨끗하다

참
맑다.

투명에 대하여 9
— 비단 허물

나뭇가지에
뱀 허물이 걸려 있다

햇빛 받아
아리아리 비단결이다

맹독猛毒도 빠져나갈 때는
저리 투명한 껍질을 남기는가.

투명에 대하여 10
— 청자靑瓷

네 몸에서는
푸른
비취빛 내음이 난다

차가우면서도
따뜻한
고혹蠱惑의 살결

청자여

네 앞에 서면
항시
투명해지는 나의 관능官能.

투명에 대하여 11
— 집달팽이

궁궐이다

누추한 집이지만
마음 편안하니

때로는 돌자갈길이고
때로는 꽃길이고

풀밭을 기어가는
집달팽이 한 마리

이슬에 얼비치는
아침이 맑다.

투명에 대하여 12
— 무명無名

무명용사비無名勇士碑 앞에 서면
"이름"이라는 말이 떠오른다

세상은
이름을 위하여
이름을 걸고 내기를 하는
술사術士들의 투전판投錢販

있으면서도 없고
없으면서도 있는
백비白碑의 임자들

투명하여라
자유로운 그 영혼
처음으로 돌아가는
맨 나중의 이름

무명無名!

투명에 대하여 13

— 가을

나무 잎새 물드는 가을

사나운 이빨로
너를 덮친 내 동물성을

순하고 투명한 네 식물성이
곱게 곱게도 다스리누나.

투명에 대하여 14

— 스승과 제자

부처님은
기쁘셨겠다
가섭迦葉 같은 제자를 두어서

영혼과 영혼이 부딪는
한순간의 섬광
염화시중拈花示衆의 미소

입으로 말하지 않고
귀로 듣지 않았지만
이미 다 말하고 이미 다 듣는
따뜻한 소통
그 투명한 교감

가섭은 진정
행복하였겠다
진신眞身 진언眞言의 스승
부처님이 계셔서.

투명에 대하여 15
— 겨울나무

눈이 내린다
나무야

모난 짱돌 같은
성깔있는 나무야

미련없이 벗어던진
누더기 입성들

눈이 내린다
나무야

네 맨몸
자존自尊의 투명 위에

겨울은 가만히
희고도 부드러운 손을 얹는다.

투명에 대하여 16
— 순결

내 손이
닿을 수 없는,
아니
닿아서도 안되는

불가촉不可觸의 성지
순결

샹그리라

넌 항상 숨어있는
신비이거라
결코 들나지 않는
투명이거라.

투명에 대하여 17
— 시인

시인의 뇌는
바보 뇌다

요즈음 세상에
계산기도 없으니……

투명에 대하여 18
— 삐에로

불투명인 나
언제나 투명이고 싶은데

쓰라려 쓰라려
간도 쓸개도

삐에로야 삐에로
얼굴에 짙은 분칠을 하고
코 위에 빨간 공 얹고
울긋불긋
무색옷을 입은
웃기는 어릿광대야

무대를 내려오면
슬픈 삐에로

쓰라려 쓰라려
외로운 투명.

투명에 대하여 19

— 언제 어디서 어떻게

내가 비겁하고
비루할 때

투명은 슬피 울고 있었다

내가 미움이고
어둠일 때

내가 거짓이고
가면일 때

내가 허명이고
풍선일 때

내가 교거하고
자만할 때

내가 인색하고
도척盜跖일 때

내가 침노하고
강탈할 때

내가 시기하고
질투할 때

투명은 슬피 울고 있었다

아
투명이여 투명이여

언제 어디서 어떻게
나는 그대 눈물을 닦아줄 수 있을까.

투명에 대하여 20
— 바람이

바람이
시드는 꽃에게 속삭였다

— 곱게 늙기도 쉽지 않지?

바람이
떨어지는 꽃에게 속삭였다

— 곱게 죽기도 쉽지 않지?

투명에 대하여 21
— 그림자

하느님은 아실까

투명에도 그림자 있어
슬픈 마음

투명에도 그림자 있어
반가운 마음

투명 옆에 친구 되고 싶은
그림자 마음.

투명에 대하여 22
— 혼자 노는 날

나무는 잎새들
눈물처럼 떨구고

하늘엔 외기러기
동무 찾아 떠나는 날

내가 나하고
혼자 노는 날

마음속 풍경이
밝게 보이고

마음속 소리가
맑게 들리는 날.

투명에 대하여 23
— 눈물이 섞여서

까만
아프리카 소녀

배고파서
혹은
두려워서
우는 네 눈물이

검은색이 아니고
투명하다

함께 슬픈
황인종의 울음
내 눈물이

노란색이 아니고
투명하다

눈물이 섞여서

서로 껴안는
하나가 되는 투명이다.

투명에 대하여 24

— 파수把守

풀밭으로 가면
영롱한 아침 이슬이 되고……

신들메 조여
밤길을 떠나면
새벽하늘 빛나는 샛별이 되고……

잠자는
겨울 잡목림 속에
홀로 푸르른 소나무가 되고……

스스로
자신을 파수하는
눈물겨운 투명아.

투명에 대하여 25

— 인내

울컥
넘어오는 핏덩어리를
다시 삼키 듯이

쿨컥
굴욕을
참아내었습니다

비릿하였습니다

풀잎 끝에
하늘 비치는 이슬이
영롱하였습니다.

투명에 대하여 26

— 회귀回歸

한 사람이 죽으면
한 이름이 지워졌다고 한다

혹은
한 왕국이 스러졌다고

혹은
한 박물관이 무너졌다고

혹은
걸어 다니는 사전이 사라졌다고

그가
이 세상을 떠났을 때

사람들은
한 투명이 투명으로 돌아갔다고 했다.

투명에 대하여 27

— 베로니카*

거울 속에
얼룩 비늘이 번뜩입니다

간밤에
뱀이 개구리를 잡아먹는
꿈을 꾸었습니다

거울 속에
야차夜叉의 얼굴이 보입니다

간밤에
누구 미워하는 마음으로
잠자리에 들었습니다

이 푸른 맹독과
이 붉은 죄업이
거울에 비칠 때

베로니카!

나는
당신의 머릿수건을 생각합니다.

* 베로니카: 머릿수건을 벗어 예수의 얼굴 피와 땀을 닦아준 성서 속 여인

투명에 대하여 28
— 안보고 안들려도

내 눈이
못보는 것은
모두 없는 것이라고 생각한
어리석음이여

내 귀가
못듣는 것은
모두 없는 것이라고 생각한
오만함이여

지금
내 옆의 한 사람은
눈에 안보이는 바이러스로
병이 깊고

지금
내 옆의 또 한 사람은
귀에 안들리는 신의 음성에
두 손을 모으나니.

투명에 대하여 29

— 투망 위에서

거미줄에 걸린 물방울에
방금 눈뜬
아침이 고여 있다

독毒을
독인 줄 모르는
때묻지 않은 순결

포획과 살육의 투망 위에서
오히려
눈어리게 빛나는 투명이여.

투명에 대하여 30
— 그리움으로

투명은 언제나 그리운 뭍

손채양하고 까치발을 하고

눈물 글썽여 바라보는

여기는 늘 그늘 짙은

유배의 섬.

투명에 대하여 31
— 풍선

풍선 너는
투명한 공기로 채워져
하늘로 오르지만

누우른
욕심으로 채워진 나는
땅만 보고 산다.

2부

이마로 돌문을
밀고 또 밀었습니다

지구地球

내 몸이 된
흙이 있고

내 숨결이 된
바람이 있고

내 피가 된
물이 있는

내 고향
내 어머니

이 푸른 별에서
나는 다시

흙이 되고 바람이 되고
물이 되리.

태양太陽

불과 빛의 영토 위에
행성을 신하로
위성을 백성으로 거느린
높은 옥좌

그대는
교거한 여왕
절대군주

그러나
그대에게도
비밀은 있지
상처는 있지

때로
검은 분노로 폭발하는
지워지지 않는 멍
감출 수 없는 흑점.

수성水星

대장간이 있는
뜨거운 마을

모루 위의 불덩이를
메로 내려치면

날카로운 창이 되고
서슬 푸른 칼이 되고

꽃이 되고 새가 되고
구름이 되고

때로는 무간지옥無間地獄
때로는 구원의 정화淨火

파쇠를 두드려
새롭게 벼르는

혁명의 사나이
대장장이의 영토.

금성金星

집 나간 아들을 기다리는
늙은 어머님의
등불

제일 먼저 켜이고
제일 밝게 켜이고
제일 나중에 꺼진다.

화성火星

화성은 우리들의
두고 온 고향일지 모른다

두고 온 고향의
폐가일지 모른다

우리는 향수에 젖은
지구의 이주민

저 별을 향한 그리움이
오늘도 탐사선을 띄우고

푸른 나무를 심고 싶은
내 꿈을 키운다.

명왕성冥王星 1

잊은 듯 잊히지 않는
먼 그대
언제나 거기 있어요

사랑한다는 말
아직
고백하지 않았기에

이별없는 사랑
변함없는 그리움으로
언제나 거기 있어요.

명왕성冥王星 2

잊히지 않으려
모두
애쓰지만

때로는
잊히는 것도
축복이야

그렇지 않니
먼 별아!

북극성北極星

방황하는 영혼이
고개 돌려 바라보는
마지막 멘토mentor

비틀거리는
발걸음 바로잡아
고향으로 가라 하네.

청춘

이마로 돌문을
밀고 또 밀었습니다

온몸으로 쓰던
혈서血書의 나날

깊은 늪 속 이무기가
밤마다 울었습니다.

끈

극락정토極樂淨土이거나
무간지옥無間地獄이거나

너 가는 곳
어디에나 따라가는
끈

——— 어머니 마음

낮달

이제
울음은 그쳤지만

옛날
그 옛날

부치지 못한 편지에
어룽져 남아있는
눈물 자욱.

외등

골목길에 켜있는
외등 하나

철야하는
수도승

눈 내려 쌓이는
하얀 밤길에

기도할 줄 모르는
나는 서럽구나.

임산부姙産婦

영주榮州 부석사浮石寺
무량수전無量壽殿의 배흘림기둥이다

무량수無量壽의 생명
그 씨앗을 품은 살결 고운 텃밭이다

햇빛과 달빛이 번갈아 물들인
향기롭고 달디단 열매나무이다.

만남

안국동 큰길에서
스님 한 분 만났다

얼굴도 손도
새카맣게 그을렸다

승복도 바랑도
스님 닮아 추레하다

저 스님 틀림없이
머언 산사山寺에서 오신게다

오랜만에 저절로
합장이 된다.

신라 사람들의 지혜
— 두 채의 탑

직선 옆에 곡선을 두고
곡선 옆에 직선을 둔
그 바름과 둥금을 조화시킨
신라 사람들의 솜씨
참으로 오묘하다

석가탑 옆에 다보탑을 세우고
다보탑 옆에 석가탑을 세운
그 간결함과 우아함을 조화시킨
신라 사람들의 지혜
참으로 오묘하다.

무명無名

가만히
꽃이 피는 밤이 있었습니다

가만히
꽃이 지는 밤이 있었습니다

그렇게
가만히

그는 이 세상에 왔다가
저 세상으로 갔습니다

서럽고도 아름다운
무명이었습니다.

가을에

하늘은
쪽빛

고추잠자리 온몸이
바알갛게 익었다

그동안에 난
무얼 했던고!

가을

아프지 않은
영혼이 없고

상처 없는
목숨이 없네

가자, 그래
또 가자

조용한
송별의 잔치

슬픔도 무르익어
단물 드는 가을이네.

가을 밭에서

무우 배추를 뽑아낸 빈 밭
온 사방에서 부는 바람은
내 마음 속 비올롱
G현의 흐느낌

어머니
어머니
흰 피 모두 내어주신
흙의 모성母性

햇살은 점점 엷어지고
가을비 모진 계절을 재촉하는데
시래기만 남은 밭
헌 옷 입으신 어머니.

그 나무

어느 날 홀연히
그 나무가 사라졌다

주소록에서 이름 하나를
또 지워야겠다

검은 새 한 마리 기울뚱
서편 하늘로 날아간다.

민들레

누가 불렀니

가난한 시인의
좁은 마당에
저절로 피어난
노오란 민들레

해질녘
골목길에 울고 섰던
조그만 아기

두 눈에
눈물 아직 매달은 채로
앞니도 한 개 빠진 채로
대문을 열고 들어섰구나

만 가지 꽃이 피는
꽃밭을 두고
가난한 시인의

좁은 마당에

환하게 불을 켠
노오란 민들레.

모퉁이가 있는 골목길

모퉁이가 있는
골목길은 정답다

모퉁이를 돌아가면
막다른 벽이 되기도 하고

다시 모퉁이를 돌아가면
큰 길이 나오기도 한다

바알간 등불이 켜이는
저녁 땅거미 때

모퉁이 조그만 가게가 있는
따스한 인생길.

달동네

해 지고
거울거울 땅거미 내릴 때
시장하고 추운 때
달동네 아이 하나
불빛 돋아나는
아랫마을 내려다보고 있네

아이그나
하늘보다 별이 더 많네
배고픔도 추위도 모두 잊은 채
달동네 아이 하나
별밭을 딛고 선
어린 왕자가 되네.

추억

내리는 눈발처럼
설레이던
젊은 날 있었지

노래와 춤조차 아팠던
공중제비의
젊은 날 있었지

한입에 먹이를 삼키는
맹수의 아가리처럼
이글거리는 눈빛처럼

야망과 결의로
운명과 맞겨루었던
배수진의 결투

먼 하늘 먼 길 따라 방랑하던
돈키호테의
젊은 날 있었지.

아버지

1

다른 사람들은 모두
내 이름을 불렀지만
그분은 나를
공주님이라 불렀다

2

눈 내려 하얀 밤
문득 찾아오시던
산타클로스 그 분

3

서랍 속에 간직했던
옛날 만년필을 찾아
그분의 이름을 쓴다

파란 잉크 속에서
걸어 나오시는 그분
젊은 아버지.

어머니

——— 그럴 수 있을까

쌍것인 내게
어머니는
양반이 되라 하셨다

굽신
굽신거리려는
내 허리를
곧추세워 주셨다

모반과 약탈을 꿈꾸는
불순한 피
달고 맛있는 것에 혹하는
불결한 식탐

천만 그릇 정화수로
씻어내셨다

하지만 말씀하셨다
“세상이 너를 버리거든
너도 세상을 버려라”

———— 과연 그럴 수 있을까

쌍것인 내가
단호히.

손녀

주름진 내 볼에
입맞추는 네가 있어
행복하다

느린 내 걸음에
발맞추는 네가 있어
행복하다

초췌한 내 모습에도
"할머니 멋지다"
치켜세우는 네가 있어
행복하다

내려쬐는 땡볕 속
서늘한 나무 그늘
고단한 내 길 위의
아늑한 쉼터

귀여운 아가야

네가 있어 나는
참으로 행복하다.

제자

그날
머리에 띠를 두른 너는
쉿되고 푸른 목소리로 외쳤지
각이 진 네 어깨 앞에서
한 조각 휴지로 구겨지던 나의 타이름
별수 없이 나는
수구守舊의 보수주의자가 되고 말았지

———— 쓸쓸한 이별.

이십 년도 훨씬 넘어
다시 만난 너는
날카롭던 눈매의 모가 깎기고……
풀이 죽어 쳐진 네 어깨 앞에서
한 줄기 자연紫煙으로 사라지는 나의 위로
별수 없이 나는
혁명의 진보주의자가 되고 말았지

———— 쓸쓸하고 쓸쓸한 해후邂逅.

그 이름 하나로

그는
멀리 있는데

어쩌면
그는
이 세상에 없는데

그 이름 하나로
명치 끝에 치미는
이 아픔은 무엇인가

나는
백발인데

어쩌면
그도
백발인데

그 이름 하나로

명치 끝에 치미는
이 뜨거움은 무엇인가.

균형

마키아벨리의 상점 앞에
다투어 그들이
줄을 설 때

고요와 먼지가 깔린
아우렐리우스의 서재에서
그는
명상록瞑想錄을 읽고 있었다

어둠과 빛 속에서
어떤 이는
행복한 듯 불행하고
어떤 이는
불행한 듯 행복하구나

기울뚱
넘어질 듯한 세상이
천칭 위에
바로 서는 이유를 알 것 같다.

적막

아이들은 벌이하러

도회지로 죄 떠나고

모처럼 귀향한 전원주택 주인도

더는 못 참아 되돌아가고

절벽같이 귀가 먹은 늙은이 하나

불 안 켠 골방에

체머리 흔들고 있더라.

감사

나 젊고 건강하였을 때는
온 세상 내 것인 양
건방졌었네

당당한 발걸음은
땅을 차며 걷고
두 팔 휘저으며
거칠 것이 없었네

나 이제
병과 동행하며 철이 들어서
옷깃 여며 겸허히 두 손 모으네

바람에 깨어진 꽃잎의 얼굴
돌아서 가는 이의
쓸쓸한 뒷모습
그 어둑한 슬픔을 헤아리네

친구여

아픈 친구여
그렇지 않은가

아픔도 때로는 은총이어서
영혼을 씻어주는 약이 되고
진실로 감사하올 깨달음 되네.

겨울이 오면

겨울이 오면
나는 또 한 번
설레이는 설레이는
눈발이 되리

중모리 중중모리
눈발이 되어
네 마음 또 한 번
흔들어 깨우리

자진모리 휘모리
가락 그치면
천지는 또 한 번
하이얀 고요로 덮히리.

11월의 비

가을비도
겨울비도 아닌
11월의 비

죽은 혼을 불러내지도
산 혼을 데려가지도 않는
11월의 비

시간을 재촉하는
머언
채찍질 소리

우두커니
어둠을 처마 밑에 세우는
11월의 비.

물음표

나는 내가
별나라에서 온
정령精靈인 줄 알았다

달 밝은 밤 달을 두고
차마 잠들 수 없었던 나는
서역西域 천 리 먼 나라
브라만brahman의 환생인 줄 알았다

그러나
이것은 모두
어릴 적의 상상이었을 뿐

나는 내가
누구인 줄을
아직껏 모르고 있다

내가 나를 모르니
남이 나를

어찌 알리

영원한
물음표일 뿐.

울러 가다

누가 와서
내 이름 부르면

먼 시골로
울러 갔다고 말해다오

먼 시골
유년의 토방집 골방으로
울러 갔다고 말해다오

누가 와서
내 이름 불러도 대답 없으면

먼 들판으로
울러 갔다고 말해다오

먼 들판
꽃 진 자리 젖은 자리
울어도 울어도 못다 운 울음
울러 갔다고 말해다오.

여든

서늘한 눈매로
성큼
겨울이 들어선다

더 따뜻하고
밝은
등불을 혀리

이 추운 손님의
짙고 길어진
밤을 위하여.

파장罷場에

이제 오일장도 파장이니
장돌뱅이
내 좌판도 걷어야겠네

철커덕 철커덕
엿장수 가윗소리로
각설이 타령으로
조금씩 부려온 전생의 업보

이제 저무는 황혼이니
장돌뱅이
내 봇짐도 걷어야겠네

떨이 떨이 싸구려로
죄다 팔아넘기고
신들메 다시 매어
홀가분히 떠나야겠네.

3부

시담詩談

위안과 치유

나는 왜 시를 쓰는가?

이렇게 자신에게 물어볼 때가 있습니다.

원시시대나 농경사회 등과 같이 단순하던 사회구조가 아닌 극도로 분화되고 발달된 현대사회에서 인간이 선택하여서 할 수 있는 일은 수만 가지가 넘을 텐데 단 한 번뿐인 생명으로 왜 시 쓰는 일을 해왔으며 하고 있는가? 스스로 물어보는 적이 있습니다.

대답은 여러 가지가 번갈았습니다.

"네 깜량이 그것뿐이니까" 라는 대답에서부터 "다른 재주가 없으니까"라던지, "네가 처한 환경이 그러하였으니까" 등등이었습니다.

실제로 어떤 사람이 어떤 일을 하는 데는 그의 기질과 그의 환경이 좌우하는 일이 많으며 또한 그에게 주어지는 기회라는 계기도 있을 것임이 틀림없습니다.

시를 쓰는 일도 사람에 따라서 "시를 쓰는 일이 재미있으니까" 라던지, "자신의 마음속 이야기를 풀어내는 일이어서"라던지, "쓰지 않고는 살 수 없으니까"라던지, "글 쓰는 재주를 타고나서"라던지 "어릴 적 선생님께 칭찬을 들어서"라던지, 심지어는 "우연히"라는 등 여러 가지 이유가 있을 것입니다.

나는 왜 시를 쓰게 되었는가?

궁극적으로는 "외로움과 가난" 때문이라는 것이 내가 시를 쓰게 된 동기라고 할 수 있습니다.

외동으로 자란 나는 섬약하고 부끄럼과 겁이 많고 병적일 정도로 외로움을 탔습니다. 요샛말로 하면 사회성이 부족한 매우 내성적인 아이였습니다.

또 내가 자라던 유년기의 시대나 사회는 너무나 가난하였습니다. 묘한 것은 결핍이 우리를 꿈꾸게 하는 요소가 된다는 것입니다. 해방과 6 · 25를 겪은 나의 유년은 색깔로 말하면 카키색이었습니다. 혼란과 전쟁은 군인, 군복, 총칼의 카키색이었습니다. 그 속에서 카키색 먼지를 쓰고 길가의 민들레처럼 생존한 것이 우리 세대의 목숨이었습니다.

전쟁이라는 참혹한 경험을 한 서럽고 외롭고 가난한 시대요 사회였기에 반대급부로 찬란한 꿈을 가질 수 있었으며 꿈에 의하여서만 희망을 품을 수가 있었습니다. 전쟁이 있었기에 평화를 꿈꾸었으며, 가난하였기에 풍요를 꿈꾸었으며 불행하였기에 행복을 꿈꾸었습니다.

서럽고 외로웠던 꿈의 현실화가 나의 경우 "시 쓰기"라고 감히 말하겠습니다.

시 쓰기 말고도 다른 방법, 다른 예술의 장르, 다른 문학의 장르도 있는데 왜 하필이면 시 쓰기인가?

언어를 매체로 하는 예술, 그중에도 가장 함축적인 언

어예술인 시의 매력이 나를 매혹하였기 때문이라고 대답할 수 있습니다. 생활 속 일상의 언어가 수단적인 일상성을 벗어나 존재의 언어로 변환되어 감동적인 시어가 되었을 때의 환희는 참으로 큰 것입니다. 그러한 시가 우리의 영혼을 전율케 하였을 때의 기쁨을 무엇이라 표현할 수 있겠습니까?

가능하다면 모든 곁가지를 치고 요설을 뺀 시를 쓰고 싶습니다. 그러나 그것은 그리 쉽게 되는 일이 아니었습니다. 자칫 내용의 불충실과 문맥의 단절을 가져올 수도 있고 언어유희에 떨어질 우려도 있으며 웅혼한 시적 분위기를 마련치 못하는 소품에 그칠 수도 있기 때문입니다. 그러나 쉽지 않은 일이기에 해내고 싶다는 열망을 가집니다.

유년기에 그러하였던 것처럼 성년이 되어서도 나의 영혼은 늘 상처를 입었습니다. 노년이 된 지금도 상처를 입고 있습니다. 그것은 외적 충격일 때도 많지만, 내면의 불안과 허위로 인한 가책일 때도 많습니다.

"시 쓰기"라는 작업을 통하여 나는 상처를 치유받고 위안을 얻고 다소의 자기 정화를 도모할 수 있습니다. 바라건대 이러한 시쓰기가 나의 존재를 확인하는 증표가 되고 시를 읽어주는 세상의 어느 친구에게도 작은 위로가 되었으면 하는 것이 나의 시 쓰는 마음입니다.

내 시 속 비밀 하나
─ 비 오는 밤의 참회

"시"라는 것은 원래가 비밀스러운 것이다.

시는 직설이 아닌 우회이며 시적 등가물로서 객관적 상관물을 등장시켜서 본얼굴을 감추기 때문이다. 생감정이나 생지식의 표출이 아니라 은유나 상징을 통한 이미지의 창출이기에 여러 겹의 베일을 쓰고 있으며 그 모호성 때문에 수용자의 해석도 다양할 수가 있다.

비교적 분명한 전달력을 가진다고 하는 필자의 시도 가끔은 오해를 사는 일이 있다.

> 이끼 낀 옛 탑이 보고 싶다
> 깊은 샘에서 길어 올린
> 맑은 찬물이 마시고 싶다
> 복숭아를 파먹는
> 살찐 벌레가 보고 싶다
> 아, 보고 싶다 보고 싶다
> 네 두 볼을 물들이던
> 능금빛 수줍음이 보고 싶다.

─「그리운 것들」 전문

이 글은 생태시, 혹은 세태시라고 할 수가 있다. 다분히 고발적인 성격을 띠지만 그렇게 잘 전달되지는 않는 것 같다. 무조건 옛것은 헐고 새것만 선호하는 세상, 오염된 환경, 농약 등에 의한 자연의 파괴, 후안무치한 인심에 대한 실망과 안타까움 등을 담고자 하였다. 그러나 어떤 해설자는 단순한 회고조의 노래로만 이해하기도 한다.

> 쑥국 쑥국
> 쑥국새 운다
>
> 쑥국 먹고 낳은 딸
> 쑥국 먹고 살다가
> 죽어서는 새가 된
> 쑥국 쑥국 쑥국새
>
> 코크, 코카인
> 맥도날드 햄버거
> 슬픈 슬픈 아메리카
> 목이 메는 긴 봄날
>
> 쑥국 쑥국 쑥국새가
> 숨어서 운다.
>
> －「쑥국새」 전문

가령 위의 시에서도 "슬픈 아메리카"와 "쑥국새"라는

낱말이 쥐고 있는 열쇠를 찾으면 비밀은 삽시간에 풀릴 것이다. 아메리카와 쑥국새는 서양과 동양을, 슬픈 아메리카는 자본주의를, 코크와 코카인은 서양문명의 세계적 잠식을 비유하고 있는 것이다. 쫓기고 짓밟힌 동양정신은 숨어서 우는 쑥국새가 아니겠는가.

저항의 시, 고발 혹은 비판의 시라고 하더라도 그것이 "시"라는 이름을 가지는 이상 본의는 잘 숨겨진 비밀이 되어야 하리라 생각한다. 그 비밀을 찾아가는 과정에서 느끼는 희열과 비밀을 풀었을 때의 지적 쾌감은 무엇과도 바꾸지 못할 감동을 안겨줄 것이다.

위의 예시들은 그다지 큰 비밀을 지닌 것이 아니지만, 문학사에 남은 감동적인 불후의 명시들은 위대한 사상과 철학을 깊이 감추고 있어서 쉽게 들통 나지 않는다.

시의 본질이나 본태로서의 필연적인 비밀은 그것이 아무리 큰 비밀일지라도 결국은 시 속에 있는 것이기에 예리한 탐색자에 의하여 발견되고 심천의 차이는 있을지라도 이해되고 해석될 수가 있다. 그러나 시를 쓰게 된 동기나 배경은 간파되기가 어려운 비밀이다. 그것은 시인의 추억, 사랑, 독서, 명상, 여행 등등 시인의 삶 전반에 걸친 체험과 연계되는 것이며 경우에 따라서는 타인의 삶을 차용하기도 한다. 이 때문에 시인이 발설하지 않으면 영영 밝혀질 수가 없다.

잠이 안 옵니다
바깥은 밤새 비가 따루고……

나는 참으로
어리석은 여자였습니다

무시무시한
전장에서 돌아오신 당신

쓸쓸한 저녁답
거리주막을 기웃거리는
당신의 고독을

단 한 번도
위로할 줄 몰랐습니다

차갑게 피가 얼은
도회지 여자를
슬프디슬프게 바라보던 당신

뉘우침이런 듯
아픔이런 듯
이 밤은 새도록 비가 따루고……

잠이 안 옵니다
자꾸

목이 마릅니다

―「비 오는 밤에」 전문

위의 시는 1960년대 초반 20대에 쓴 시인데 한 인물이 대상이 된다.

그때는 참으로 힘들고 어려운 시기였다. 농경시대를 못 벗어났고 대학을 졸업하여도 아무 할 일을 찾지 못하였다. 3D 일을 기피하는 고급스러운 실업이 아니라 일할 곳 자체가 없는 절대 실업의 시대였다.

신춘문예로 등단한 그 남자 친구 역시 할 일을 못 찾았고 따라서 가난하기 짝이 없었다. 그런 그가 어느 날 극장표 두 장을 가지고 와서 함께 영화를 보러 가자고 하였다. 그 영화는 대단히 인기가 있는 영화였으며 상영극장은 대한극장으로 표값이 매우 비쌌다. 그의 처지로서는 거금의 투척이었을 텐데 철없던 나는 그저 그 영화를 보러 가는 것만 기뻐서 따라나섰고 재미있게 감상을 하였다.

그런데 다음이 문제였다. 글 쓰는 친구들 사이에 그와 내가 연애를 한다는 소문이 돌고 있다는 것이었다. 극장 한 번 같이 갔을 뿐인데 이상한 소문이 돌았다는 것에 나는 조금 화가 났었고 어떻게든 그 소문이 사실이 아니라는 것을 증명하고 싶었다. 그런데 그 방법이라는 것이 지금 생각하여도 부끄러울 만큼 치졸하였고 상대에게 상처를 주는 못된 짓이었다. 한 사람치 영화 표값을 챙

겨서는 여러 친구가 보는 앞에서 그에게 갚아버렸던 것이다. 그는 얼굴을 붉히며 나의 못된 행위를 바라보고 있었다.

얼마 후 그는 실로 깨끗한 눈빛을 내게 주며 군대에 입대하였다. 정말 나는 차가운 도회지 여자였던 것이다.

사람이 사는 일은 전장의 처절한 전투와 같고 그 최전방에 남성들이 포진하여 있다고 생각하였다. 그들이 우리들의 아버지이며 지아비이며 아들들이라는 생각, 고독을 이해받지 못하는 그들의 쓸쓸한 마음, 결국은 누구도 누구를 이해하려 하지 않는다는 생각, 누구도 누구를 이해하기는 어렵다는 생각을 담은 이 시를 쓴 밑바탕에는 옛날 나의 못된 행위를 말없이 수용하던 그 남자 친구에 대한 미안한 마음과 잘못하였다고 사죄하는 마음이 자리 잡고 있는 것이다.

나는 가끔 공석에서 이제는 할아버지가 된 그를 만날 때가 있다. 그때마다 나는 이 시를 생각하며 혼자 미소를 짓는다. 그러나 이 시에 대하여 옛날이나 지금이나 그에게 말한 적은 없다. 그것도 그럴 것이 그것은 어디까지나 비밀이니까.

많은 뜻을 적은 말 속에 담고 싶다

시를 “지고至高의 언어예술”이라고 할 때 이는 시와 다른 문학 갈래와의 비교에서 이름이 아니라 시가 언어를 표현 매체로 하는 극치의 예술임을 가리키는 것이라고 생각한다.

내가 시를 쓸 때 가장 기본적인 바탕으로서 제일 먼저 염두에 두는 점은 바로 이 지극히 상식적인 시관詩觀이다. 그렇기 때문에 가능한 한 최소의 언어로 최다의 의미 내용을 함축하고자 하는 노력이 나의 시 작업에는 당연히 따른다고 할 수 있다.

돌 틈에서 솟아나는
싸늘한 샘물처럼

눈밭에 고개 드는
새파란 풋종처럼

그렇게
맑게

또한 그렇게

매웁게.

—「무제」 전문

「무제」라는 제목의 위의 시 여덟 줄을 쓰기 위하여 나는 무수히 많은 말을 지우지 않을 수 없었다.

우선 제목에서부터 그 어떤 다른 말보다 '무제無題'라는 것이 이 시의 경우는 많은 뜻을 포함할 것이라 보아 여러 개의 후보 중에서 '무제'를 선택하였다.

그리고 또한 이 시를 산문처럼 풀어쓰지는 않는다고 하더라도 다소 서술의 말을 붙이고 수식의 말을 붙이지 못할 바도 아니었으나 그것이 군더더기라고 느껴지는 어떠한 말도 다 배제를 하였다.

시의 내용으로서 정서로 용해되지 않은 생경한 사상이나 감정을 용납할 수 없다는 생각이지만, 시의 구조에 있어서만은 빈틈없는 짜임새를 위하여 시인은 과학자에 못지않은 객관적이고 이지적인 자세를 갖도록 하여야 한다고 본다.

극도의 언어 절제란 자칫 시의 맥을 끊을 우려도 있고 자칫 언어유희로 떨어질 우려도 없지 않다. 또는 시를 소품에 머무르게 할 수도 있으며 장엄, 장중한 기상을 얻지 못할 수도 있을 것이다. 그러나 이런 것은 시인의 역량의 문제가 아니겠는가 생각한다.

'무엇을 어떻게'라는 것은 모든 예술의 명제이며 시인은 이 문제를 두고 영원히 고민하여야 할지도 모른다. 그런데 이 문제에 대하여 나는 "무엇을 쓰던지 시가 되어야 한다"는 혼자만의 대답을 가진다. '무엇'이라는 내용이 변하듯이 '어떻게'라는 방법론도 시대나 사회나 사람들에 따라 변할 것이다. 그러나 나는 시가 가장 적은 말로 많은 뜻을 나타낼 수 있다는 것 때문에 즐겁게 시를 짓고 시를 읽는다.

우리가 침묵의 참의미를 깨달을 때 '침묵은 금'이라고 말을 할 수가 있듯이 한 평범한 낱말이 시 속에서 얻는 운율성, 함축성, 다의성, 상징성 등에 의하여 보석처럼 반짝일 때, 또한 그러한 보석들이 꿰어져 한 편의 훌륭한 시가 이루어졌을 때의 경탄은 고통스러울 만큼의 환희가 아닐 수 없다.

시를 지으면서, 혹은 시를 통하여 얻고자 하는바, 이룩하고자 하는 바는 사람에 따라 각양각색일 것이며 동일한 시인이더라도 그의 생애사나 그를 에워싸고 있는 문학 외적 환경 등에 의하여 성취 목적이 변할 수도 있을 것이다.

그런데 나는 아직도 이 언어와의 싸움에서 벗어나지 못하고 있는 셈이다. 그러므로 방자하다 할만한 언어의 자의성 앞에서 나는 때로 당혹하고 때로 허망한 적이 참으로 많다.

하지만 나의 작업은 사상가나 철학자나 신문기자의 그것과는 다른 것이라는 생각을 갖기에 적은 말로서 많은 뜻을 함축하여 담고 싶은 나의 노력은 앞으로도 계속될 것이다.

시인 H에게

세상에 사람이 태어나서 할 수 있는 일, 또는 하고 싶은 일은 참으로 많을 것입니다. 헤아리기 어려울 만큼 분화되고 다양화된 현대사회에 사는 우리들은 여러 형태의 삶의 길 앞에 서게 됩니다.

그러나 안타깝게도 우리의 목숨은 한계가 있습니다. 시간적 한계 위에 일회생이라는 제약 속에서 원하는 여러 가지 일을 하며 여러 형태의 삶을 살아보기는 어렵습니다. 하기에 사람들은 다시 태어난다면 지금 선택한 일과는 다른 일, 지금 살고 있는 삶과는 다른 삶을 살고 싶다고 말하는 사람들이 태반입니다.

단 한 번뿐인 목숨을 문학인으로 살고 있는 그대와 나, 그것이 자의든 타의든, 우연이든, 필연이든 이제는 운명이 된 삶의 길입니다.

그 길에서 만난 동지, 그대와 나의 인연은 그만큼 도탑고 소중한 것이라고 생각합니다.

운명의 공유라는 끈은 가장 진하고 질기다고 하는 혈연도 뛰어넘는 영혼의 결속입니다. 만상의 자극과 충격에 공명하는 감성과 사물의 진면목을 감지하는 심안, 세속의 일에 약삭빠르지 못한 서투름, 자칫 상처받기 일쑤인 심성 등등 닮은 꼴인 우리들이야말로, 진정한 가족이라고 하여도 틀린 말이 아니겠지요.

나를 선배라 부르는 그대, 그대를 후배라 부르는 나, 그러나 문학의 길 그 세계에서는 선후배가 따로 없다고 생각합니다. 얼마만큼 열심히 혼신의 힘을 기울여 자기연마를 하고 있으며 그 결과가 어떠하냐가 그 문인의 위상을 결정하는 것이기 때문입니다.

사랑하고 존경하는 H!

나는 그대의 인품을 사랑하고 존경합니다.

글은 곧 그 사람이라는 말이 있습니다만 글과 사람이 일치하는 사람을 만나기가 쉽지 않습니다. 세평에 글을 잘 쓰는 유명인이라는 사람을 만났을 때 그 사람의 교거함이나 무례함에 실망하는 일이 적지 않습니다. 파격이 문인의 특권인 양 행세하는 교양 무식이 문인 혹은 예술가의 특성이라는 착각이 있어서도 안 되겠습니다.

H!

그대는 안정되고 건강한 정서를 가졌습니다.

하기에 그대의 글도 성실하고 아름답습니다. 진중한 그대의 인품처럼 사려 깊고 겸허한 글, 그것이 우리의 영혼을 울리는 힘은 큽니다. 때로는 촌철살인, 때로는 온몸으로 뒹구는 몸부림, 그 어느 경우에도 그대의 지혜

로움은 빛납니다.

H!

아프게 더 아프게 그대가 그대 자신을 투시하고 점검하는 일에 게을리하지 않음에 대하여서도 경의를 표합니다. 문단의 경력이 어느 만큼 되고 세상 나이도 어느 만큼 되면 어른 행세를 하려 드는 일이 종종 있음을 적잖이 보게 됩니다. 게을러지고 안이해지기도 하며 타성에 젖게도 되지요. 그래서 너무 일찍 늙어버리는 현상이 안타까울 적이 많습니다.

H!

당신은 당신의 재능이나 노력에 대하여 늘 점검하는 엄격한 시인입니다. 나이 암만 들어도 늙지 않는 젊은이입니다.

교언영색이라는 말이 있습니다.

글이, 특히 시가 언어 중의 언어, 최상의 언어예술인 것은 종사자인 우리들이 너무나 절실히 느끼며 인지하고 있는 점이지요. 거기 세련되고 정화된 언어구사는 절대적 수사법이 되겠으나 그것은 물론 교언영색과는 전혀 다른 것이 되지 않겠습니까? 억지스러운 비틀림으로 시를 위장하는 소통불능의 글도 경계할 항목이라고 생각합니다.

H!

시 쓰는 일은 기쁨이면서 동시에 고단하고 외로운 일임을 시인들은 누구나 겪어 알고 있지요. 무릇 어떤 분야의 일이건 이 세상에 쉬운 일이 어디 있겠습니까만 시 쓰는 일은 우선 그것이 쓰기가 무척 어렵다는 점, 쓰고 나서 스스로 만족하기도 어렵고 공감의 영역 또한 한계가 있을 뿐만 아니라 물질적인 생산과 소비가 주요시되는 현대사회의 소외자라는 점에서 시인은 실로 지난의 길을 가고 있다고 하여도 과언이 아니겠습니다.

일찍이 글 쓰는 일을 "대장부의 부업"이라고 논한 분이 있습니다만 우리에게는 시 쓰는 일이 결코 부업일 수가 없습니다. 생계와 생활을 위하여 하는 일이 부업이지 시인에게 시 쓰는 일은 주업이며 우리의 존재를 증거하는 본업이 아니겠습니까. 한 편의 시를 완성하고 느끼는 그 온전한 극치의 행복감과 바꿀 수 있는 것은 세상에 그리 흔치 않을 것이라 생각합니다.

H!

진정한 시인은 전 생애를 걸고 영혼과 몸이 쇠하도록 치열하게 몰두하는 사람이라고 하겠습니다. 어떤 간난 속에서도 결코 절망하지 않고 어떤 시련 속에서도 자기 길을 가는 사람, 자기의 운명을 사랑하는 용기 있는 사람만이 이 일을 해낼 수가 있을 것입니다.

오늘도 그대는 단 한 줄의 시귀, 단 한 편의 시를 위하여 고민하며 불면의 밤을 새우고 있겠지요.

그 고단하고 외로운 길에서 자신을 만나고 자신과 닮은 다른 외로운 이들을 만나고…… 그들의 심금과 공명하며 기쁨과 행복을 느끼는 열정의 시인 그대는 참으로 존경스럽고 두려운 후배입니다.

그대의 글이 더 많은 사람들에게 위무가 되고 그들 삶의 길에 따뜻한 길동무가 될 것임을 믿어 기뻐하며 이만 난필을 거둡니다.

좌담 〈한국현대시의 이상향〉에서*

1. 한국 시의 전통에 대하여

우리 현대시의 역사를 100년 정도로 한정하는 것이 일반적인 문학사관이며 이에는 또 설득력 있는 여러 가지 이유가 있는 것이 사실입니다.

그러나 김소월, 정지용, 서정주, 박목월 등 우리 현대 시단에서 불멸의 큰 업적을 남기고 한 획을 그은 몇 분들의 작품들을 구체적으로 들여다보면 이들이 외래적 영향(여기서는 서구적)에 의하여 돌연히 생겨난 것이 아닌 것을 알 수 있습니다.

오히려 그 속에는 〈황조가〉나 〈공무도하가〉에서 비롯한 문자화된 우리 시가만이 아니라 문자로 정착되지 못하고 구전되어오던 우리 민요나 민담이 담고 있는 요소들까지 짙게 녹아있는 것을 알 수 있습니다. 이러한 요소와 숨결은 오늘의 우수한 시작품들에서도 충분히 찾아낼 수가 있습니다.

우리에게 아직 문자가 없었던 시절 엘리트의 문학은

* 시인수첩 2016년 가을호에 게재

빌어온 한자로 제작, 기록되었고 따라서 한문학의 절대적인 영향을 받아온 것이 사실 아닙니까.

그러나 그러한 때에도 일반 민중은 우리말로 노래하고 이야기하였으며 한글 창제 이후로는 아름답고 우수한 우리 시가들이 한글로 채록되고 창작되었지요.

송강의 가사나 황진이의 시조를 저는 한국 시가문학 최고의 꽃이라고 생각합니다. 이런 작품들이 지닌 정서와 한국어를 다루는 솜씨에서 저는 가장 아름다운 한국 시가의 한 면모를 봅니다.

현대시라고 하여 하루아침에 이런 우리의 문학유산과 단절된 돌연변이의 작품이 갑자기 나타날 수는 없지 않겠습니까. 우리의 생각이나 감정뿐 아니라 특히 한국어라는 언어의 질료를 생각할 때 갑자기 다른 모습을 꾸밀 수는 없다고 봅니다.

우리 문학은 오랫동안 한문학의 영향 아래 놓여있으면서도 독특한 개성을 구현하여 왔습니다. 우리의 근대시나 현대시라는 것도 당시로서는 대단히 충격적인 서양 박래품의 영향을 받은 것이 사실이며 100년 남짓의 시간 동안 여러 가지 시행착오를 거쳐 서서히 융해되고 변화된 모습이 오늘의 우리시라고 생각합니다.

해서 우리 현대시의 역사를 100여 년으로 한정하여 보는 시각에 대하여 저는 만족하지 못합니다. 문학사를 논의하고 연구할 때 서양 문화 유입 이전의 시가와 그 이후의 시가의 변별성을 논의함이 옳지 않을까 합니다. 이미 문학사가들이 정리한 고정화된 틀의 입장에서 볼 때 이는 엉뚱한 시각이거나 틀린 말이라고 할지 모르지만, 우리 문학의 전통이라는 것을 생각할 때는 그런 한정적 단언은 다시 한 번 고구되어야 할 문제가 아닌가 합니다. 우리 문학과 우리시의 전통은 때로는 굵게 때로는 여리게 승계와 변화를 거듭하며 긴 세월을 흘러왔고 앞으로도 그 유장한 흐름은 이어질 것입니다.

그런데 이제 우리는 소위 아날로그시대에서 디지털시대로 접어들었습니다. 우리의 삶을 총체적으로 흔들어 놓는 변화와 충격의 현장에서 20세기를 더 오래 살아온 저 같은 시인과 21세기를 더 오래 살아갈 젊은 시인들의 시는 당연히 다를 것이고 또 달라져야 함이 마땅합니다.

그것은 필연적 변화요 변모이며 의도하지 않더라도 결과적으로는 저항과 갱신이 되리라고 봅니다. 긍정적이든 부정적이든 오늘 우리 젊은 시인들의 시는 이미 그런 면모를 보여주고 있지 않습니까.

2. 영향력이 강한 시인

다행스럽게도 간발의 차이로 저는 일제의 교육을 받지 않았고 초등학교 1학년부터 우리말 우리글 교육을 받았습니다. 초등학교 입학하고 얼마 있지 않아 해방을 맞이하였기 때문입니다.

대학에서 국문학을 전공하였고 시를 공부해왔기에 우리 고전문학작품과 현대문학작품을 많이 접하게 되었습니다. 또 원서로 외국 문학작품을 읽지는 못하였지만, 외국 문학작품이 비교적 많이 번역되어 출판되던 시기에 학창시절을 보내는 행운을 가졌습니다. 이 두 가지 여건으로 인하여 저는 적지 않은 문학작품의 독자가 될 수 있었고 제 독서의 영역은 보다 넓어질 수가 있었습니다. 그러나 지금 돌아보면 실로 궁핍한 서가의 독자였습니다. 지금의 잘 정비된 도서관이나 신구서적들로 가득한 대형 서점을 보면 놀라움과 부러움을 동시에 느낍니다. 옛날의 저는 책을 빌려주는 세책집에서까지 책을 빌렸으니까요.

문학서적을 비롯하여 철학, 역사, 교양서적뿐 아니라 전문문학지부터 잡스러운 잡지까지 손에 잡히는 대로 읽었으니 질서있는 체계적인 정독이 되지 못한 난독이었지요. 저는 지금 시인이 되었지만 그때는 소설도 쓰고 싶었고 희곡도 쓰고 싶었습니다.

어수선한 난독, 그중 나의 마음에 깊게 각인된 작가, 시인, 기타 저자들의 영향이 저의 삶과 글 속에는 그 흔적이 남았건 지워졌건 어떤 모습이거나 담겨있다고 생각합니다. 제가 좋아하고 감동받은 글들과 저자들을 이 자리에서 일일이 거론하기는 번거로운 일이어서 생략하겠습니다.

저는 우리 현대시를 소월서부터 읽었고 공부하였으며

특히 미당과 목월을 흠모하였습니다.

캄캄하고 깊은 늪 속에 숨어있는 이무기와 같은 처절함과 비극적인 몸부림, 그리고 우리말을 구사하는 천부적 재능을 지닌 미당과 동시대에 산 것은 제게 있어 크나큰 축복이면서 한 편 저를 주눅 들게 하는 슬픔이었습니다.

목월의 예민한 감성과 엄격한 언어절제의 미학을 담은 시작들은 제 시업의 길에 귀한 가르침을 주었습니다.

그러나 이분들이 아무리 우수하더라도 그대로의 답습이어서는 안 되는 일이기도 하려니와 이분들의 개인적인 천품이나 개인사, 시대나 사회 상황이 저와는 다른 만큼 제 시에는 제 영혼과 몸이 겪은 저만의 사유와 삶의 족적이 담기지 않을 수가 없지 않겠습니까. 그런 것이 앞서 말한 갱신이기도 하고 한 시인의 개성이기도 하겠지요.

3. 세대 간의 단절 현상

세대 간의 단절현상은 비단 문학이나 시, 혹은 예술작품에 국한된 것이 아님을 우리는 나날이 느끼고 있습니다.

온 세상이 변하였고 사람들 삶의 양상이 변하였고 가치관이 변하였고 우리들 의식과 정서가 변하였고 신체적 특성까지도 변하였으며 또 그 변화의 속도가 너무 빨라서 새 정보를 미처 소화하기도 전에 또 다른 새 정보가 몰려오니 어제의 정보는 생것인 채로 낡은 것이 되고 맙니다. 미처 뜯지 못하고 포장 채 버려지는 선물처럼 새 정보가 그냥 폐품이 되는 속도의 소용돌이 속에서 시라고 하여 어찌 과거의 개념이나 모습을 그대로 지닐 수가 있겠습니까. 이러한 현상을 불러온 원인은 다각적으로 살펴보고 논의할 수 있겠습니다만 우선 저는 세대적 차이를 많이 느끼고 있다고 말하겠습니다.

가령 신인을 뽑는 신춘문예 당선 작품들이나 수많은 문학잡지에 실려 있는 시 작품들이 진술과 설명적 요소들을 많이 가진 장시 혹은 산문 형태를 하고 있는 점, 하면서도 산문시의 요소로서의 긴장감이나 숨어있는 응축된 시 정신을 찾기 어려운 점, 상징이나 은유 대신 독백이나 자동기술에 가까운 요설들은 이해 이전에 읽기가 어렵습니다. 읽기 어려운 시를 어찌 이해하며 이해 못하는 시에서 어찌 공감이나 감동을 받을 수가 있겠습니까.

이런 점이 단순히 세대 차이에서 오는 것이라면 감수하거나 체념할 수도 있겠습니다. 또한 과거와 같은 시적 정체를 거부하는 의미 있는 저항이요 새로움을 향한 젊은 열망의 표출이거나 낡은 시의 틀을 벗어나려는 확고한 의지가 받침 하는 표출이라면 이 또한 긍정적으로 수용되어야 하고 애정을 기울인 정독을 통한 새로운 이해의 통로를 모색하여야 할 것이며 더욱 깊이 있는 천착을 도모하여야 하겠지요. 그런데 과연 그런 것일까요? 시라는 장르에 대한 오해와 방법의 미숙성, 새로운 시는 일단 재래시와는 달라야 한다는 단순논리가 혹여 이런 현상을 불러오지나 않았을까, 저는 의문을 가집니다. 이런 작품들을 동세대의 동료시인들이나 동세대의 독자들은 또 얼마만큼 당혹감 없이 수용하며 이해하고 있는지도 알고 싶습니다. 제가 생각하기에 아직은 정착되지 못한 실험적 발화라고 할 수 있는 이런 시들의 완성도는 어느 만큼인지도 알고 싶고요.

4. 소통의 문제

젊은 시인들뿐 아니라 견해를 달리하는 여러 시인들, 그리고 많은 문학 애호가들과 독자들에게 질책을 받을 일일지 모르겠습니다만 저 개인적으로는 시는 물론이고 모든 예술작품의 진면목과 진가를 파악하고 그 내밀한 아름다움과 비의를 터득하는 이는 극히 소수의 고급 향유자에 국한된다고 생각합니다. 이는 또 어찌 인공의 세계에만 이르겠습니까. 인간이라는 신묘한 존재나 저 무궁 무변한 자연의 오묘함을 이해함에도 적용되는 것이 아니겠습니까. 오만한 귀족주의의 선민의식이라는 책망을 들을 수도 있겠습니다만 삶을 살아갈수록, 시를 읽어

갈수록 이런 생각이 더욱 굳어갑니다. 하기에 시인은 아직 만나지 못한 미래의 한 사람 독자를 위해서도 시를 쓰는 것이 아닌가 합니다.

시대와 사회를 따라 제도가 변하듯이 시에 대한 개념도 변하고 쓰는 방법도 변하고 시인의 태도도 변하고 독자의 수용 양상도 변하는 것이기에 그에 따른 시의 이해에도 적합한 접근 방법이 필요하겠지요. 새로운 것을 읽어내는 새로운 독법이 마땅히 있어야 할 것입니다. 당대에 난해한 작품, 소통불능이라고 치부되었던 작품들이 시간이 흘러 사람들의 의식과 삶의 양상이 변모함에 따라 고급한 지적 쾌감과 정화를 수여하는 좋은 시로 해석되고 이해되는 일이 극소수나마 있습니다.

오늘 소위 난해한 시로 분류되는 시들이 정녕 그런 예지와 생명력을 지니고 있는지, 오늘 소통불능의 시가 미래의 어느 고급 독자에게 이해되는 시공을 앞선 선구적 시혼을 담고 있는지에 대하여 저는 회의적입니다.

시라는 특이한 장르가 본질적으로 갖는 당위성으로서의 난해함이 이들 작품에 견고한 뼈대를 갖추고 있는 것이라면, 어떤 어려운 통로를 통하여서건 비어의 의미는 풀리고 소통의 문은 열리게 마련입니다만, 오늘 소통이 불가능한 대다수 작품들에서 그러한 기미를 찾기가 어려운 점은 퍽 유감스러운 일입니다.

5. 상상의 자유와 열린 세계

시의 개념에 대한 해석과 존재양식에 대한 이해의 차이에 대하여 생각하게 됩니다.

시의 본질적 요소를 함축과 상징과 은유와 상상과 운율에 두고 정제된 형식 속에 이들을 담아내는 것이 시이고, 혼돈에 질서를 부여하는 것이 시라고 하는 관점에서 보면 오늘의 난삽한 산문적 기술은 시 경계의 확장이거나 열린 세계를 향한 비약이라고 보기에는 무리가 있다고 봅니다. 시료 즉 시를 쓰기 위한 다양한 자료를 정리하지 않은 채 무잡하게 쏟아낸 것이 난해성이라는 너울을 쓰고 첨단을 자처한다면 곤란한 일이지요. 그리고 그것이 상호 모방과 추종으로 유행한다면 시는 더욱 소외되고 독자는 멀리 달아날 것입니다. 시가 길어지는 문제만 하더라도 시라는 장르를 규정하는 형식이 너무 단순하여 시인의 내면 상황, 분출하는 마그마와 같은 에너지를 담을 수 없다고 한다면 수필이나 소설 같은 산문형식을 취하는 것이 더 합당하지 않을까 하는 생각도 듭니다.

소통 불능한 발화에 대한 자기합리화에 앞서 시인이 되기 위한 치열한 담금질과 전문가로서의 자긍심을 가질 수 있는 한없는 노력, 그리고 자기 재질에 대한 투명한 응시가 있을 때 그의 귀한 결과물들은 소통과 이해를 통한 감동을 불러올 것입니다.

서투름을 시적 모호함으로, 정리되지 않은 무질서와 난삽함을 새로운 기술법으로 내세우고 또한 그렇게 해석되기를 촉구한다면 이러한 관용은 오히려 부단히 새로운 변용을 꾀하여야 하는 우리 시의 길을 막는 해독이 되지 않을까 우려됩니다. 거듭 말하자면 아무리 소용돌이치는 내면의 열정일지라도 시라는 이름을 얻기 위한 정서화의 경로를 무시하거나 실로 싸늘하고 엄격한 지적 냉각을 거치지 않는다면 요리되지 않은 생자료의 나열이라고 보는 다소 폭언적인 비판도 무리가 아닐 것입니다.

이러한 견해를 단순히 시를 이해하는 태도나 방법의 보수성, 혹은 선입견이 작용하는 고착적이며 석고화된 사고라고만 간주할 수 있을까요.

이 자리에서 저는 문득 젊은 날 투르게네프의 산문시와 보들레르의 「파리의 우울」을 읽었던 기억을 떠올리게 되는군요.

6. 전복의 상투성과 전복의 의미에 대한 질문

상투화를 벗어난 시가 의미 있는 저항이 되고 진정한 새로움에의 모색이 되기 위하여서는 명분만이 아니라 실제적으로 명확하고 타당한 이유를 제시하여야 합니다. 그래서 그것이 자기의 시를 공고히 뒷받침하는 시론이 되어야 하고 거기에 수용자의 공감이 성립되어야 하리라고 생각합니다. 가령 젊은 시인들의 시가 지금과 같은 양상으로 존재할 수밖에 없는 당위성을 역설하기 위하여서는 재래시에 대한 더 확실한 성찰과 이해 및 비판을 동반한 주장이 있어야 한다고 봅니다.

시인은 창작자입니다. 없는 것을 만들어 내는 창조의 한 영역을 맡은 언어의 장인입니다. 모방자나 편승자의 추종을 피하여 끊임없이 질주하는, 오직 자신과의 싸움에 전력하는 외로운 투쟁자입니다.

시의 탄생과 존재 의의에 대한 탄탄한 배경으로 "왜"라는 물음에 대한 깊은 고민과 타당한 대답을 갖지 못한다면 기초 없는 건축과 같은 것, 한때의 유행으로 끝나는 글이 되고 말지 않을까 합니다. 또한 시인의 존재에 대한 해답도 어려울 것입니다.

"엽기적 환상시"라는 것에 대하여는 저는 별로 당혹하지 않습니다.

시의 주체나 화자가 변하였다고 하는 것은 그만큼 시인의 시야나 관심의 영역이 확대되었다고 생각되기 때문입니다. 문제는 그것도 시의 형상화에 있어 얼마나 성공적이었느냐에 저는 더 관심을 둡니다. 앞으로도 시의 소재나 주제나 주체뿐만 아니라 표출 방법 등에서도 여러 가지 새로운 시도나 모색이 실험되겠고 당연히 그래야 하지 않을까 합니다.

7. 우리시의 바람직한 방향은 어디인가

우리는 지금 인공지능의 로봇이 인간을 대신하는 놀라운 시대에 살고 있습니다. 삶의 영역은 먼 우주까지 확대되었으며 온 세계의 정보를 공유하는 세계인이 되었습니다. 인간의 수명이 100세를 넘어서는 장수시대가 도래하였고 우리의 삶을 이끌었던 기존의 모든 가치와 질서가 무용한 것이 되어갑니다. 시간과 공간 개념이 달라졌습니다. 손에 든 작은 전화 하나로 자신의 삶뿐 아니라 타인의 삶까지도 조종하고 통제할 수가 있습니다. 성형과 이식으로 인간의 보이는 모습까지 바꾸어버리는 시대이니 보이지 않는 정신의 상황은 어떻게 변하였을까 유추가 어렵습니다.

인간이 사는 세계의 질서도 무섭게 변화하고 있습니다. 새로운 이념이 세계를 지배하고 경계를 무너뜨리는 민족의 대이동이 있습니다. 사랑의 정신으로 근간을 이루고 화해와 용서로 구원의 손길을 내밀어야 할 종교가 오히려 증오와 복수의 살벌한 전쟁을 일삼고 있습니다.

불길하게까지 느껴지는 모든 변화는 상상을 초월하고 있어 그 의외성은 미래에 대한 예측을 불허합니다. 또한 오늘의 정확한 예측이 내일은 무용지물의 오류가 될 수도 있습니다.

이렇게 빠르게, 또 놀랍게 변화하는 세계 속에서 기존의 사고방식이나 잣대로 내일의 시, 혹은 그 방향을 예측하기는 쉽지 않다고 봅니다.

그러나 그것이 오류가 되고 실패한 발언이 될지언정 예측 자체를 거부할 수는 없다고 봅니다.

우리시의 미래에 대한 저의 첫 번째 견해로는 아무리 독자가 줄어든다고 하여도 시는 사라지지 않으리라는 것입니다. 앞서도 언급한 바와 같이 시의 진정한 수용자는 원래 소수의 향유자이기 때문입니다.

시는 인간이 "하고 싶어 하는 이야기"의 가장 농축된 형식의 표출입니다. 다른 생리적 배설 욕구에 못지않은 정신적인, 그리고 원초적 욕구입니다. 우리의 관심과 오관을 사로잡는 외부적인 자극이 아무리 심하여도 인간이 인간일 수밖에 없는 여건에서 볼 때 어떠한 환경의 변화나 의식의 변화가 올지언정 시는 그 변화에 따른 변용을 거듭하며 새 모습으로 이어갈 것입니다.

우리 시의 영역이 우리 모국어나 한글의 기록 범위를 넘어서는 보다 광범위한 영역으로 확대될 것이라는 생각도 듭니다. 우리들의 사고범위나 표현의 능력이 더욱 다양화됨에 따른 변화가 되리라고 봅니다.

시의 발표매체에도 변화가 없지 않을 것입니다. 지금도 적지 않게 나타나고 있는 현상입니다만 가까운 미래에는 종이에 인쇄되는 시집이 사라지고 전자 매체가 대세를 이루지 않을까 하는 추측도 해봅니다. 그렇게 되면 시의 모습이나 표현 양상도 많이 달라질 것 같습니다. 요즈음 젊은 세대들이 전자 매체를 통하여 구사하는 언어들을 보십

시오. 실로 생소하고 통제되지 않은 자의적 신조어들입니다. 바람직하든 않든 이런 언어 현상이 시의 영역이라고 하여 침투되지 않으란 보장이 없습니다.

드디어 인공지능의 로봇이 시를 쓰게 될지도 모른다는 생각도 듭니다.

어쩌면 인간이라는 영묘한 존재만이 행사할 수 있다고 생각해온 한 성역이 기계의 영역으로 바뀌는 것이지요. 그렇다면 우리가 그동안 시에 부여해온 존재 의의나 가치 추구, 창작을 위한 깊고도 무거운 시인의 고뇌, 시를 통한 치유와 위무와 구원의 효능 등이 그대로의 뜻을 지닐 수 있을지를 생각하지 않을 수 없겠지요. 이에 대한 논의만으로도 긴 시간이 필요하지 않을까 합니다.

이제 우리시나 시단에 대한 저 나름의 희망 사항을 잠깐 말씀드리면 무엇보다 먼저 우리 시인들의 정직한 자아반성이 있어야 하겠다고 생각합니다. 자질과 능력에 대한 자기점검, 전문가로서의 투철한 사명의식, 창작에 임하는 진지한 자세, 각고의 노력, 자기 시에 대한 책임 등에서 부끄러움이 없는가를 스스로 묻는 아픈 채찍질이 있어야 합니다.

작품의 비중이 아니라 시간이 흘러 나이가 들었다는 것이나 문단 연조만으로 대가, 혹은 원로를 자처하며 안주하는 일은 없는가, 시를 다른 목적의 수단으로 사용하며 행세한 일은 없는가, 시인이라는 이름을 명함의 장식으로 내걸고 세속적 사교나 문단 정치에 도용한 일은 없는가, 문단 시류에 편승하여 적당히 타협하며 삶이나 창작의 긴장을 느슨히 하는 일은 없는가, 항시 요구되는 열정의 치열성은 지속되고 있는가, 이해 불능한 난독의 시를 토사처럼 쏟아놓고 불통의 책임을 독자에게로 돌리는 몰염치한 행위는 없는가, 간간이 야기되는 부끄러운 표절의 시비는 시인의 양심과 무관한가, 등등 여러 가지 면에서 자기를 들여다보는 성찰이 있어야 하겠습니다.

오늘 같은 시단의 혼란과 난맥상을 야기시키고 시와 시인의 위상을 추락시킨 책임이 모두 다 외부적인 요인에만 있는 것이 아니라, 상당 부분 시인들 자신에게 있다는 사실을 시인하며, 개선의 노력과 의지를 보여야 만연한 병질로부터 시와 시인을 구제하고 미래의 밝은 지평을 전망할 수 있을 것입니다.

다음으로 생각하는 것은 시단의 정비입니다. 모든 패거리 의식이 사라져야 하고 아마추어성향의 시, 여기나 교양으로서의 시 쓰기를 물리치고 미숙한 난해시를 정리하여 건강한 전문시단을 구축해야 하겠습니다.

차용한 지식의 잣대만으로 시를 논단하는 비평도 비판받아야 합니다. 비평 행위 역시 제2의 창작이라면 시인에 못지않은 뛰어난 감수성과 직관력이 비평가에게도 요구되는 사항입니다. 그 위에 시를 정독하는 특급 수용자로서 겸비하여야 할 지식의 습득과 노력이 뒤따라야 하겠습니다. 장사치가 물건 판매를 유도하듯 자기 패거리 옹호를 거창한 비평인 양 내세운다면 이는 자타를 기만하는 부정행위에 지나지 않습니다.

많은 문학잡지와 시전문지에 대한 것도 심각하게 생각해 보아야 할 문제입니다. 문학잡지가 많다는 것은 시인들에게는 시를 발표한 자리가 그만큼 많다는 뜻이고 수용자에게는 다양한 경향의 많은 시를 접할 기회를 준다는 긍정적인 측면이 있습니다. 또 어려운 여건 속에서 수지타산이 맞지 않는 문학잡지를 출판하는 희생적 헌신에 경의를 표하게도 됩니다.

그러나 오늘 잡지들의 현황은 다 잘 알고 있는 바와 같이 이런 긍정적인 면보다 부정적인 면이 더욱 많습니다. 잡지라고 하기보다 동인지라고 하는 것이 구성회원으로나 운영 방법에서나 더 합당할 것 같은 책들이 대다수입니다. 특히 문제가 되는 것은 이들 잡지들이 양산하는 무수한 시인들의 자질적 함양의 문제, 이들 잡지들이 제정한 문학상의 문제, 이들 잡지들의 작품과는 동떨어진 문단세력의 문제 등 헤쳐나가야 할 난제들이 대단히 많습니다. 어떤 묘책이 이런 난맥상을 해결할 수 있을 것인가 간단히 대답하기 어렵습니다. 설사 어떤 해결책을 제시한다 한들 그것이 실현될 수 있을까도 미지수입니다.

여기 더 하나 부연하지 않을 수 없는 것이 우리나라가 통일을 이루었을 때의 상황에 대한 대비입니다. 통일이 이루어진다면 조그마한 분야가 아니라 나라 전체가 상당한 혼란과 변화를 겪을 것입니다. 시와 시단이라고 하여 예외가 없을 것이니 그 이질성과 간극을 어떻게 극복할 것이며 어떻게 대처할 것인가에 대한 준비가 없어서는 안 되리라고 봅니다.

시와 시인과 시단의 앞날에 대한 희망 사항이야 어찌 위에 말한 것들뿐이겠습니까만 절실하게 느껴지는 몇 가지만 이야기해 보았습니다.

여하튼 우리들의 의식이 채 따라잡지 못할 만큼 빠른 변화의 가속화 속에서 시와 시인만이 구태의연하게 존재할 수는 없습니다. 오히려 시인은 시대를 앞서가고 미래를 예지하는 가장 예민한 촉수이며 시인이 생산하는 시는 예언적 주술성마저 지니는 것이라는 본질적 사명과 긍지를 스스로 일깨우며 시와 시인은 제단 앞의 사제와 같이 겸허히 서야 하겠습니다.